Los maestros

Jared Siemens

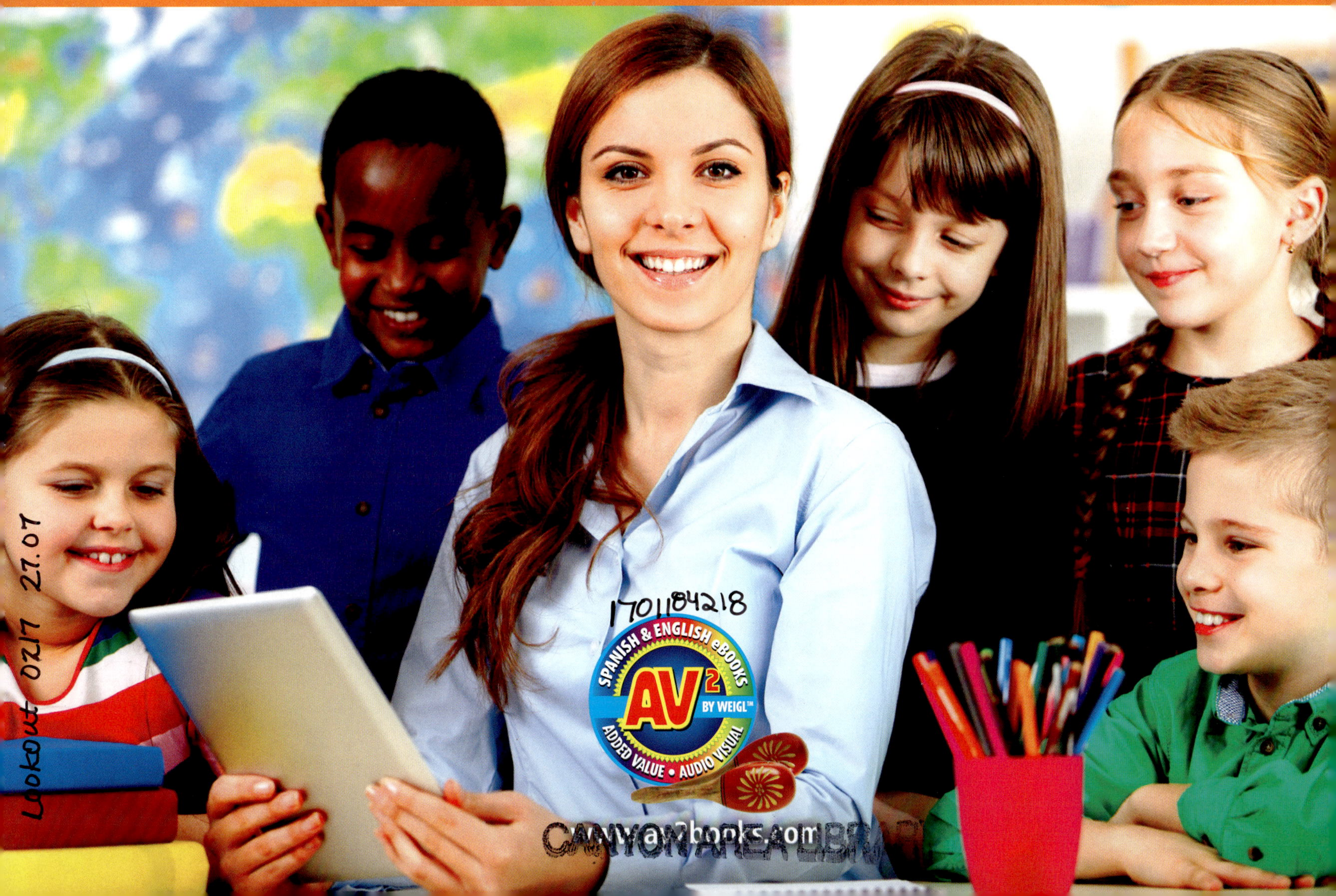

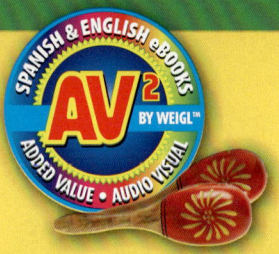

Visita nuestro sitio www.av2books.com
e ingresa el código único del libro.
Go to www.av2books.com, and enter this book's unique code.

CÓDIGO DEL LIBRO
BOOK CODE

A625635

AV² de Weigl te ofrece enriquecidos libros electrónicos que favorecen el aprendizaje activo. AV² by Weigl brings you media enhanced books that support active learning.

El enriquecido libro electrónico AV² te ofrece una experiencia bilingüe completa entre el inglés y el español para aprender el vocabulario de los dos idiomas.

This AV² media enhanced book gives you a fully bilingual experience between English and Spanish to learn the vocabulary of both languages.

Spanish   **English**

Navegación bilingüe AV²
AV² Bilingual Navigation

Copyright ©2017 AV² de Weigl. Library of Congress Cataloging-in-Publication Data se encuentra en la página 24.
Copyright ©2017 AV² by Weigl. Library of Congress Cataloging-in-Publication Data is located on page 24.

Los maestros

ÍNDICE

- 2   Código del libro de AV²
- 4   La gente de mi comunidad
- 6   En la escuela
- 8   ¿Qué es un maestro?
- 10   ¿Qué enseñan los maestros?
- 12   Las herramientas de enseñanza
- 14   Aprender haciendo cosas
- 16   Los exámenes
- 18   Las excursiones
- 20   Los maestros son importantes
- 22   Cuestionario sobre los maestros

Las personas que viven cerca forman una comunidad.

El maestro es una persona de mi comunidad.

5

El maestro trabaja en una escuela.

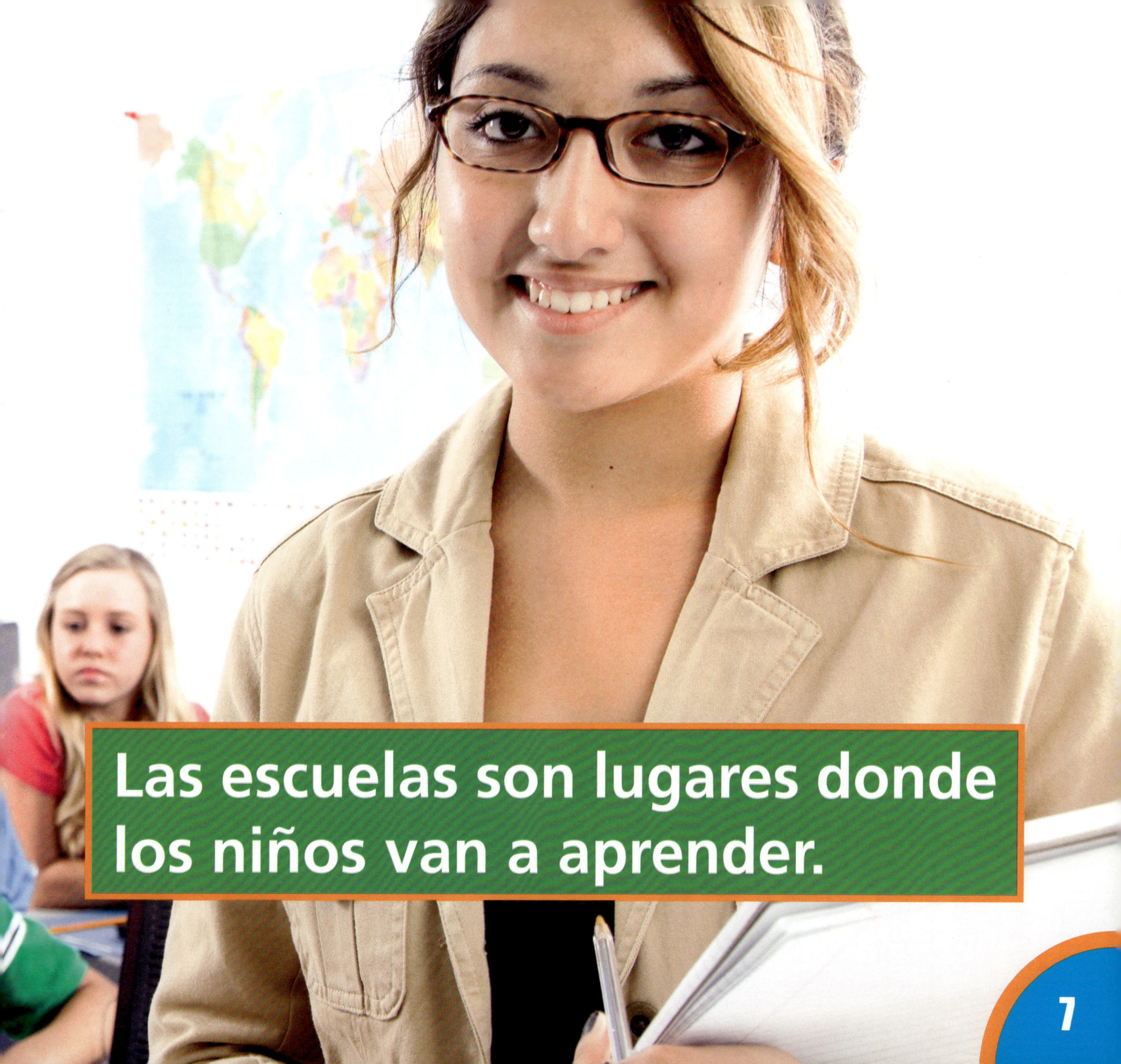

Las escuelas son lugares donde los niños van a aprender.

Los maestros ayudan a los niños a aprender cosas nuevas.

Les enseñan a aprender por sí mismos.

La maestra me enseña a leer, escribir y contar.

También me enseña sobre los diferentes lugares y personas del mundo.

Mi maestro usa libros y computadoras para ayudarme a aprender.

También me enseña a usar el ratón y el teclado.

El maestro me enseña lo divertida que es la ciencia.

Organiza actividades para que hagamos con mis compañeros.

Mi maestro me hace preguntas y me toma exámenes escritos.

Mis respuestas le indican al maestro si estoy aprendiendo bien.

El maestro me lleva de excursión a lugares nuevos.

En las excursiones aprendemos lecciones de vida.

Los maestros son muy importantes en mi comunidad.

Descubre qué has aprendido sobre el maestro.

Describe lo que ves en cada una de las imágenes.

¡Visita www.av2books.com para disfrutar de tu libro interactivo de inglés y español!

Check out www.av2books.com for your interactive English and Spanish ebook!

1 **Entra en www.av2books.com**
Go to www.av2books.com

2 **Ingresa tu código**
Enter book code

3 **¡Alimenta tu imaginación en línea!**
Fuel your imagination online!

www.av2books.com

Published by AV² by Weigl
350 5th Avenue, 59th Floor
New York, NY 10118
Website: www.av2books.com

Copyright ©2017 AV² by Weigl
All rights reserved. No part of this publication may be reproduced, stored in a retrieval system, or transmitted in any form or by any means, electronic, mechanical, photocopying, recording, or otherwise, without the prior written permission of the publisher.

Library of Congress Control Number: 2015954027

ISBN 978-1-4896-4431-2 (hardcover)
ISBN 978-1-4896-4433-6 (multi-user eBook)

Printed in the United States of America in Brainerd, Minnesota
1 2 3 4 5 6 7 8 9 0 20 19 18 17 16

042016
101515

Weigl acknowledges iStock and Getty Images as the primary image suppliers for this title.

Project Coordinator: Jared Siemens
Spanish Editor: Translation Cloud LLC
Designer: Mandy Christiansen